Bubbi der Bär und seine Abenteuer

Pauline Schimmelpfennig

INHALT

BUBBI DER KLEINE BÄR

Es war einmal ein kleiner Bär namens Bubbi. Er lebte in einem kleinen Dorf voller Bäume, Blumen und Tiere. Bubbi war sehr neugierig und liebte es, die große weite Welt um ihn herum zu entdecken. Eines Tages beschloss er, auf Abenteuer zu ziehen. Er packte seinen Rucksack und begann sich auf den Weg zu machen. Er lief durch Wiesen voller Blumen, überquert Bäche und wanderte durch dunkle schöne Wälder. Er traf viele Tiere auf seiner Reise, darunter ein Eichhörnchen, das ihm half, eine Nuss zu knacken, und einen Fisch, der ihm zeigte, wo er schlafen konnte. Bubbi war so dankbar für die Hilfe der Tiere und entschied sich, immer freundlich zu sein und zu helfen, wo immer er konnte. Als die Sonne unterging, erreichte Bruno eine Höhle, von der er durch den Fisch hörte. Er war müde von seinen vielen schritten und beschloss, dort für die Nacht zu bleiben. In der Höhle fand er eine Kuscheldecke und einen gemütlichen Platz zum Schlafen und schlief tief und fest. Am nächsten Morgen fühlte sich Bubbi erfrischt und bereit für das Abenteuer. Er dankte der Höhle für ihre Gastfreundschaft. Von diesem Tag an wusste Bubbi, dass es immer Abenteuer zu entdecken und aufregende Tage gab, solange man offen und bereit dafür war.

DIE SCHLUCHT

Nach seiner ersten Nacht beschloss Bubbi, noch weiter in den Wald zu reisen. Er hörte von einem großen Fluss, der in der Nähe sein sollte und wollte ihn unbedingt sehen. Er packte die Kuscheldecke in seinen Rucksack und machte sich auf den Weg. Nach vielen Schritten und einigen Stunden kam Bubbi zu einer Klippe, von der aus er den Fluss unten sehen konnte. Es war ein wunderschöner Anblick, der Fluss war breit, floss schnell und es gab viele Fische und andere Tiere, die darin schwammen. Bubbi beschloss, hinunterzuklettern, um den Fluss besser zu sehen. Als er unten ankam, entdeckte er eine Bieber Familie, die am Ufer spielte. Sie baten ihn, mit ihnen zu spielen und Bubbi war glücklich, die Einladung zu bekommen. Sie zeigten ihm wie man sich im Wasser bewegt. Bubbi hatte so viel Spaß und dachte, dass dies eines der besten Tage war, die er je hatte. Aber das Abenteuer hatte noch nicht geendet, plötzlich bemerkte er einen Wasserfall in der Ferne und entschied sich auch diesen näher ansehen zu möchten. Er verabschiedete sich von den Bieber und machte sich auf den Weg. Der Weg zum Wasserfall war steil und gefährlich, aber Bubbi wollte unbedingt dort hin. Als er endlich am Wasserfall ankam, war er sprachlos. Der Wasserfall war riesig und das Wasser fiel in eine tiefe Schlucht. Bubbi ging am Rand entlang, um einen besseren Blick zu bekommen, aber plötzlich rutschte er aus und fiel in die Schlucht!

DIE HILFE

Bubbi fiel und fiel, doch kurz bevor er den Boden berührte, wurde er von etwas aufgefangen. Es war ein Adler, der ihn mit seinen Fängen gepackt hatte. Der Adler trug ihn zu einem sicheren Ort und legte ihn sanft auf den Boden. Bubbi war verwirrt, aber auch dankbar. Der Adler erklärte ihm, dass er ihn beobachtet hatte, seit er den Wald betreten hatte und dass er besorgt war, als er sah, wie nah er an der Schlucht langlief. Bubbi bedankte sich bei dem Adler für seine Hilfe und bat ihn, ihm beizubringen, wie man fliegt. Nach einigen Tagen war Bubbi bereit, seinen ersten richtigen Flug zu bestreiten. Der Adler begleitete ihn und zeigte ihm, wie man hoch und schnell fliegt. Sie flogen über den Wald, über die großen Berge und sogar über das blaue Meer. Bubbi fand die Aussicht und das Gefühl der Freiheit, einfach nur toll. Als sie zurückkehrten, dankte Bubbi dem Adler von ganzem Herzen für alles, was er für ihn getan hatte. Der Adler antwortete, dass er froh sei, ihm zu helfen und dass sie immer Freunde sein werden. Bubbi beschloss, weitere Abenteuer zu suchen, aber er wusste jetzt, dass er immer in der Lage sein würde, hoch in den Himmel zu fliegen und die Welt von weit oben sehen zu können. Er verabschiedete sich von dem Adler und machte sich auf den Weg noch mehr spannende Sachen erleben zu dürfen.

ENTDECKUNGEN IM WALD

Bubbi setzte seine Abenteuerreise fort und kam in einen anderen großen Wald. Er hatte noch nie zuvor so viele verschiedene Tiere und Pflanzen gesehen. Er sah bunte Vögel, die in den Zweigen sangen. Er sah sogar weiße Rehe, die durch das Unterholz sprangen. Bubbi war so aufgeregt und glücklich, all diese neuen Dinge zu entdecken, dass er beschloss, tiefer in den Wald zu gehen. Er kam an einen See, in dem schöne Enten und Schwäne schwammen. Er verbringt eine Weile am See und beobachtet die verschiedenen Tiere. Er sah, wie die Enten ihre Köpfe unter Wasser tauchten, um Futter zu suchen und wie die Schwäne elegant durch das Wasser glitten. Er sah sogar ein Eichhörnchen, das an einem Ast entlanglief und viele kleine Nüsse sammelte. Dies erinnerte ihn an den Anfang seiner Reise.

EIN NEUER FREUND

Bubbi der kleine Bär lief weiter viele Schritte durch den Wald und kam an eine Lichtung. Dort sah er einen Fuchs namens Simba, der versuchte, eine Maus aus einem Loch im Boden zu befreien. Die Maus war in eine Falle geraten und der Fuchs hatte Schwierigkeiten, sie herauszubekommen. Bubbi ging hinüber, um zu helfen. Er hatte viel Erfahrung darin, Dinge aus Löchern zu holen, weil er oft Bärenhöhlen erforscht hatte. Mit Bubbis Hilfe haben die zwei Tiere schließlich, die Maus aus der Falle befreien können. Die Maus bedankte sich bei ihnen und lief davon. Simba war sehr dankbar für Bubbis Hilfe und die beiden entschieden, gemeinsam weiterzureisen. Sie hatten viel Spaß zusammen. Sie hörten eine Eule, die auf einem Baum saß und sahen Schmetterlinge, die in einer Gruppe umherflogen. Sie übernachteten unter einem Baum und ginen am nächsten Tag weiter auf Abenteuersuche. Sie erzählten sich gegenseitig Geschichten und lachten viel.

HONIGJAGD MIT DEN BIENEN

Bubbi und Simba der Fuchs wanderten weiter durch den Wald und kamen an einen Ort, an dem es viele kleine Bäumchen mit kleinen runden Löchern gab. Sie hörten ein Summen und sahen, dass es Bienen waren, die hinein- und herausflogen. Simba erklärte Bubbi, dass es sich um einen Bienenstock handelte und dass in dem Stock Honig war. Die beiden Freunde schauten sich den Bienenstock genauer an. Sie gingen vorsichtig näher heran, um die Bienen nicht zu stören. Plötzlich kamen ein paar Bienen auf sie zu und begannen, sie zu umkreisen. Bubbi und Simba dachten, dass die Bienen böse waren, aber dann bemerkten sie, dass die Bienen sie einfach nur beschnupperten. Eine Biene kam zu ihnen und begann mit ihnen zu sprechen. Die Biene sagte ihnen, dass sie willkommen waren und dass sie gerne Honig mit ihnen teilen würden. Die zwei Freunde waren überrascht, dass die Bienen sprechen konnten und dankten ihnen herzlich für das Angebot. Die Bienen führten sie zu einer Ecke des Bienenstocks, wo sie Honig schlürfen konnten. Der Honig war süß und lecker, die beiden Freunde genossen ihn sehr. Sie dankten den Bienen noch einmal für ihre Freundlichkeit und versprachen, am nächsten Tag wiederzukommen.

EINE ÜBERRASCHUNG FÜR DIE BIENEN

Am nächsten Tag kamen Bruno und Simba, zurück zu den Bienen und haben ihnen ein Geschenk mitgebracht. Sie sammelten Blumen aus dem Wald und banden sie zu einem schönen Strauß zusammen. Als sie zum Bienenstock kamen, waren die Bienen sehr erfreut, sie zu sehen und noch erfreuter über das Geschenk. Die Bienen luden sie erneut ein, Honig zu essen und erzählten ihnen von einer Insel, die nicht weit entfernt war und auf der es noch mehr Honig und andere Leckereien gab. Bubbi und Simba waren begeistert von der Idee, die Insel zu besuchen. Sie verabschiedeten sich von den Bienen. Sie folgten einem Fluss, der sie zu der Insel führte. Die Insel war wunderschön und es gab viele seltene Pflanzen und Tiere, die sie noch nie zuvor gesehen hatten. Sie sahen viele Bienenstöcke, die voller Honig waren und sie genossen es, Honig zu essen und die Insel zu erkunden.

DER PAPAGEI

Bubbi und Felix waren hingerissen von der Schönheit der Insel und sie erkundeten die Insel gründlich. Sie erblickten viele exotische Tiere, die sie noch nie zuvor gesehen hatten. Sie sahen einen Papagei, der in den Bäumen herumflog. Der Papagei war sehr neugierig und kam herunter, um sie zu beschnuppern. Bubbi und Simba waren erstaunt über die Intelligenz und die Fähigkeit des Papageis, sprechen zu können. Der Papagei, den die beiden getroffen hatten, entschied sich ihnen zu helfen, die Insel zu erkunden. Er flog voraus und führte sie zu einem Ort, an dem es viele Kokosnüsse gab. Er zeigte ihnen, wie man die Nüsse öffnete und sie genossen es, das köstliche Fruchtfleisch zu essen. Der Papagei erzählte ihnen, dass es auf der Insel viele verschiedene Arten von Früchten gab und dass er ihnen gerne zeigen würde, wo diese zu finden waren. Bubbi und Simba waren dankbar für die Hilfe des Papageis und beschlossen, ihm zu folgen. Während sie die Insel erkundeten, unterhielten sie sich mit dem Papagei. Er erzählte ihnen von seinem Leben auf der Insel und wie er gelernt hatte, zu sprechen. Er erzählte ihnen auch von den anderen Tieren, die auf der Insel lebten und wie sie miteinander auskamen. Die beiden waren beeindruckt von dem Wissen des Papageis. Sie verbrachten den Rest ihres Tages auf der Insel mit ihm und gingen ab sofort zu dritt auf Abenteuerreise.

DIE WENDUNG

Nach ihrem Abenteuer auf der Insel beschlossen Bubbi, Simba und der Papagei, weiterzureisen und die Berge zu erkunden. Der Papagei kannte den Weg und führte sie durch die große Insel in einen Dschungel und über Felsen. Es war eine super anstrengende Reise, aber sie hatten viel Spaß miteinander.Als sie die Berge erreichten, sahen sie eine Herde von Ziegen, die auf einer Wiese grasten. Die Ziegen sahen sie und kamen neugierig auf sie zu. Eine der Ziegen, die mutiger als die anderen war, sprach zu ihnen und stellte sich als Orello vor. Orello erzählte ihnen, dass sie und ihre Familie in den Bergen leben und dass sie jeden Tag auf die Wiesen gehen, um gras zu essen. Sie erzählten ihnen auch, dass sie jeden Tag auf der Hut sein müssen, weil es in den Bergen Raubtiere gibt, die sie jagen wollen. Sie luden die drei Freunde ein, sie auf ihrer täglichen Wanderung zu begleiten. Die drei Freunde und die Ziegen wanderten gemeinsam durch die Berge und erzählten sich Geschichten. Sie sahen Wasserfälle und atemberaubende Aussichten und genossen die Schönheit der Natur. Plötzlich hörten sie ein lautes Knurren und sahen ein großes Tier, das auf sie zukam. Es sah böse aus und die Ziegen waren sehr verängstigt. Der Papagei erklärte ihnen, dass es sich um einen Bären handelte und dass sie in Deckung gehen sollten. Bubbi, Simba und der Papagei bereiteten sich darauf vor, sich zu verteidigen, aber als der Bär näherkam und Bubi den Bären genauer betrachtet, erkannte Bubi, dass es sich um seinen kleinen Bruder handelte, den er vor langer Zeit verloren hatte. Sie waren unglaublich glücklich, sich wiedergefunden zu haben und umarmten sich herzlich. Der Bär erklärte, dass er sich verlaufen hatte, als er auf eigene Faust auf Entdeckungsreise gegangen war und seitdem nach seiner Familie gesucht hatte. Sie erzählten sich gegenseitig von ihren Abenteuern und darüber, was in der Zwischenzeit passiert war

Sie gingen, gemeinsam zurück in ihr Dorf und erzählten ihrer Familie und Freunde von ihrer Wiedervereinigung und den neu kennengelernten Freunden. Zwei mutige Bären die auf eigene Faust Abenteuer erleben wollten, einer verlief sich der andere fand seinen verlorenen geliebten Bruder wieder

Die folgenden Seiten können Sie und ihre Kinder benutzen um Emotionen und gefühlslagen aufzuschreiben

www.ingramcontent.com/pod-product-compliance
Lightning Source LLC
La Vergne TN
LVHW020543160826
845677LV00015B/4166

* 9 7 9 8 3 7 4 7 0 9 4 2 1 *